AF472225

Antonio Zocchi

Miroir de mémoire
(Specchio della memoria)

seconda edizione febbraio 2011

distribuito da Lulu.com

ISBN 9781446776032

Ai miei cari

Prefazione dell'autore.

Quello che tra breve ti accingerai a leggere è una raccolta di poesie pubblicata nel 2001, la differenza sta nel fatto che ho pensato di aggiungere la traduzione in francese per ogni opera.

Questa idea è nata dalla scommessa di vedere pubblicate delle poesie in questa lingua gentile e melodiosa che si avvicina molto all'italiano.

La traduzione è opera per la maggior parte di una persona bilingue (italiano e francese), per alcune ho utilizzato dizionari cartacei e multimediali, e mie conoscenze della lingua francese.

Ti auguro buona lettura e perdonami se a volte la traduzione presenterà imprecisioni.

A volte è difficile cercare di tradurre le emozioni.

Antonio Zocchi

Préface de l'auteur.

Ce qui dans peu t'apprêteras à lire est une récolte de poésies publiée en 2001, la différence reste dans le fait qui ai pensé ajouter la traduction en français pour chaque oeuvre.

Cette idée est née du pari de voir vous publiez des poésies en cette langue gentille et mélodieuse qui se rapproche beaucoup de l'Italien.

La traduction est oeuvre pour la plus grande partie d'une personne bilingue, Italien et Français, pour quelques-unes j'ai utilisé dictionnaires en papier et multimédias et mes connaissances de la langue française.

Je te souhaite bonne lecture et pardonne-moi si parfois la traduction présente imprécisions.

Parfois il est difficile de rechercher de traduire les émotions.

Antonio Zocchi

DI COSA MORRAI, COSA ARDUA E' SAPERLO 25/12/1999

Di cosa morrai,
cosa ardua è saperlo
perchè la tua mente
cancella la morte,
nel soffio immortale
che è la tua anima.
Nel soffio scomposto,
dell'indecisione di un gatto
ho visto l'incertezza
scontrarsi con la follia,
d'istanti sconosciuti
che provocano scuro.
Se fuggo con la ragione
ritorna il sentimento
che consuma quelle briciole
che la vita mi ha lasciato.
Il folle è come un intimo respiro
che m'assale in attimo remoto
e mi lascia pensare.
Di cosa morrò non voglio saperlo
perche la mia vita
voglio che resti
un'eterna domanda.

CE DONT TU MOURRAS, DIFFICILE DE LE SAVOIR 25/12/1999

Ce dont tu mourras,
difficile de le savoir
car ton esprit
efface la mort,
dans le souffle immortel
qu'est ton àme.
Dans le souffle défait,
de l'indécision d'un chat
j'ai vu l'incertitude
affronter la folie,
d'instants inconnus
qui provoquent l'obscur.
Si je fuis avec la raison
le sentiment revient
qui consume ces mittes
que la vie m'a laissé.
Le fou est comme un profond soupir
qui m'assaille en un instant lointain
me laisse penser.
Ce dont je mourrai je ne veux le savoir
car ma vie
je veux qu'elle demeure
une éternelle question.

LA LIBERTA' 16/12/1999

Forse la libertà
è nel soffio del vento,
o forse la libertà
non è mai esistita.
Perchè la vita
sta nell'accogliere,
e l'accoglienza
non vuol dire esser libero.
E le situazioni
in cui la vita cala,
mostrano bivi di scelte...
Forse la libertà
sarà nell'ultimo alito
della vita che fugge
verso l'eterno.
Allora l'uomo,
in quell'attimo guarderà il cielo,
urlando a gran voce.

LA LIBERTÉ' 16/12/1999

Peut-être la liberté
est dans le souffle du vent,
ou la liberté n'a pas existé
peut-être jamais.
Parce que la vie
consiste à accueillir,
et l'accueil
ne veut pas dire être libre.
Et les situations
dans lesquelles la vie descend
montrent bifurcations de choix...
Peut-être la liberté
sera dans le dernier souffle
de la vie qui fuit
vers l'éternité.
Alors l'homme,
dans cet instant regardera le ciel,
en hurlant à grande voix.

VITTIME DI QUESTO MONDO 22/10/1999

Quanti miti
creati dal nulla,
in cui si deve credere
per non perdere il tempo.
Ogni cosa,
qualsiasi parvenza
spaventa il mio cuore
che non capisce,
che non è al passo.
Perché anche l'inutile
è presentato come necessario,
e troppe cose annebbiano i pensieri.
E allora vorrei spegnere
per un attimo l'esterno,
e guardare se dentro
c'è ancora quello che avevo;
e scoprire come se fosse
una cosa mai vista,
perché vorrei ritornare
veramente a vedere,
e commuovermi ancora di quello
che un tempo era vero.

VICTIMES DE CE MONDE 22/10/1999

Combien de mythes
créés par le rien
dans lesquels on doit croire
pour ne pas perdre le temps.
Chaque chose,
tout apparence
effraye mon coeur
qui ne comprend pas,
qui n'est pas à l'unisson.
Car méme l'inutile
est présenté comme nécessaire,
et trop de choses embrument les pensées.
Et alors je voudrais éteindre
pour un instant l'extérieur,
et regarder si dedans
il y a encore ce que j'avais;
et découvrir comme si ce fût
une chose jamais vue,
Car je voudrais revenir
vraiment à voir,
et m'émouvoir encore de
celui-là qui était vrai.

DOLCE FIUME 8/02/2000

Dolce fiume
che scivoli liscio
sul corso del letto.
A rive tranquille
carezzi con l'onda
frusciando tra prati
e distese giallastre.
E nel tuo odore
mi perdo e mi cullo
trasportato dal soffio
del tuo cantare.
E vedo la sua figura
apparirmi dinanzi
sorridendo tra le nebbie
dei miei invisibili pensieri.

DOUX FLEUVE 8/02/2000

Fleuve doux
que tu coules lisse
sur le cours du lit.
Aux bords tranquilles
tu caresses avec le flot
en bruissant entre prés
et étendues jaunâtres.
et dans ton odeur
je me perds et je me berce
transporté par le souffle
du tien chanter.
Et je vois son image
comparaître devant moi
en souriant entre les brouillards
de mes pensées invisibles.

IL VUOTO E LA PAROLA 21/02/2000

Il vuoto nello spazio,
il silenzio assoluto,
il nero incolore,
che dona senso di pace,
e nulla, nessuna voce.
Poi, un rumore,
fu uno scricchiolio
che tamburellante incominciò.
Da un punto partì,
e una linea formò
che in due si spezzò,
poi in tre, in cento, in mille,
e l'infinito riempì,
d'incroci saturò,
e la luce parlò,
incomprensibile tuonò,
come di profezia echeggiò,
... il mio pensiero.

LE VIDE ET LE MOT 21/02/2000

Le vide dans l'espace,
le silence absolu,
le noir incolore,
qu'il donne un sens de paix
et rien, aucun voix.
Puis, un bruit,
fut un grincement
qui tamburellante commençat.
D'un point il partit,
et une ligne forma
qu'en deux il se cassa,
puis en trois, en cent, en mille,
et l'infini remplit,
de croisements il satura,
et la lumière parla,
incompréhensible il tonna,
comme de prophétie retentit,
... ma pensée.

E DISTANTE 25/11/1999

Il sonno e la mia anima,
poseranno leggere
sul lento scorrere
di un timido velo.
Il vento e il suo canto,
daranno ricordi
voleranno nelle onde
di nuovi fiumi.
Lo sguardo e il suo viso,
saranno l'amore
di un cuore felice,
e puro, e distante.

ET ÉLOIGNÉ 25/11/1999

Le sommeil et mon âme
poseront légères
sur le lent couler
d'un voile timide.
Le vent et son chant,
donneront souvenirs
ils voleront dans les flots
de nouveaux fleuves.
Le regard et son visage
seront l'amours
d'un coeur heureux,
et pur, et éloigné.

QUEL TARLO 2/01/2000

Ho sempre quel tarlo
che rode all'interno,
cambiando i sentieri
dei miei dolci misteri.
Ho sempre quel battito
che martella nell'intimo,
modellando le crete
delle mie nascoste segrete.
Ho sempre quel sogno
di sguardo perenne,
che inciso nell'anima
bramato ritorna.

CE VER 2/01/2000

J'ai toujours ce ver
qu'il ronge à l'intérieur,
en changeant les sentiers
de mes doux mystères.
J'ai toujours ce battement
qu'il martèle dans le fond,
en modelant les argiles
des miennes oubliettes cachées.
J'ai toujours ce rêve
de regard perpétuel,
que gravé dans l'âme
désirée ardemment il revient.

NON ANCORA 26/06/2000

Non è ancora pronto,
il mio amore nascosto.
Non ha ancora occhi,
l'infinito suo viso.
Non ha ancora piedi,
per potermi cercare.
Ed anche se attendo,
la luce del sole
non posso scaldare il suo tenero cuore.
E non ha ancora voce,
il mio amore stupendo
e non può gridare,
per le strade del mondo.
Perchè non ha tempo,
e non sa neanche che cerco,
quel suo immenso candore
che nell'anima chiamo.

PAS ENCORE 26/06/2000

Il n'est pas encore prêt,
mon amour caché.
Il n'a pas encore yeux
infini est son visage.
Il n'a pas encore pieds,
pour pouvoir me chercher.
Et même si j'attends,
la lumière du soleil
je ne peux pas chauffer son coeur tendre.
Et il n'a pas encore de voix,
mon amour magnifique
et il ne peut pas crier,
pour les rues du monde.
Parce qu'il n'a pas de temps,
et il ne sait pas non plus que je cherche,
son immensité candeur
que dans l'âme j'appelle.

IL PRIMO GIORNO 13/12/1999

Ingovernabile destino
fatto d'istanti inattesi,
ed io vivo come fosse
sempre il primo giorno,
e l'ultimo giorno,
senza aspettare che accada qualcosa.
Attendo che il vento
modelli il mio tempo,
e solo posso lottare
qualora una luce
mostra un bagliore.

LE PREMIER JOUR 13/12/1999

Destinée ingouvernable
faite d'instants inattendus,
et je vis comme il fût toujours le jour premier
et le dernier jour,
sans attendre que quelque chose arrive.
Je campe que le vent
modèle mon temps,
et seul je peux lutter
si une lumière
montre une lueur.

SENZA TITOLO 24/08/1999

Vorrei non avere tempo,
come quella casa nel quadro.
Vorrei spaziare,
oltre ogni misura.
Perché mi va stretto tutto,
e anche se c'è aria
mi pare di soffocare.
A volte non ho corpo
e mi sento in nessun luogo,
come chiudere gli occhi
ma non vedere il buio,
vedere il nulla, anche se non esiste.
E provare pace,
e non avere bisogno dei sensi,
e non sentire il tempo.

SANS TITRE 24/08/1999

Je voudrais ne pas avoir temps,
comme cette maison dans le tableau.
Je voudrais espacer
au-delà de chaque mesure.
Parce qu'il va étroit
me tout, et même s'il y a air
il me semble d'étouffer.
Parfois je n'ai pas de corps
et je me sens en aucun endroit,
comme fermer les yeux
mais ne pas voir l'obscurité,
voir le rien, même s'il n'existe pas.
Et éprouver de la paix,
et ne pas avoir besoin des sens,
et ne pas entendre le temps.

NEL SOFFIO DEL VENTO E NEL RESPIRO DEL CUORE 11/08/1999

Nel soffio del vento,
nel respiro del cuore,
quando la brezza,
sfiora l'amore.
L'immenso mistero,
vorrei assaporare,
e ricevere il dono,
del tuo grande amore.
Perché non c'è vita
se non c'è sorgente,
perché non c'è pace
se sono incostante.

DANS LE SOUFFLE DU VENT il EST DANS LE SOUFFLE DU COEUR 11/08/1999

Dans le souffle du vent,
dans le souffle du coeur,
quand la brise,
effleure l'amour.
Le mystère immense
je voudrait savourer,
et recevoir le cadeau
de ton grand amour.
Parce qu'il y n'a pas de vie
s'il y n'a pas surgissant,
parce qu'il y n'a pas paix
si je suis fluctuant.

LA MEDAGLIA 6/06/1999

È una medaglia
la mia visione,
due facce nascoste
ed erose da vento,
tonalità di tempo
diverse tra loro.
Come il bene ed il male,
come il chiaro e lo scuro.
Due visi divisi,
che completano il tutto.
E così quell'immagine,
due opposti che non si conosceranno mai.

LA MÉDAILLE 6/06/1999

C'est une médaille
ma vision,
deux figures cachées
et érodées par le vent,
tonalités de temps
différentes entre eux.
Comme le bien et le mal
comme le clair et l'obscurité.
Deux visages divisés,
qu'ils complètent le tout.
Et ainsi l'image,
deux contraires qu'ils ne se connaîtront jamais.

MIRAGGI 20/08/1999

Il giorno delle domande,
non finirà mai.
Perché viaggi, verso strani mondi
o mente?
Non riesco a riconoscere
lo sguardo di un tempo,
che mi dava calma
anche quando ero al margine.
È come un deserto
con sole a picco, la mia vita.
È continua ricerca,
è bisogno d'acqua, il mio cammino.
Ma nell'immensa distesa
roccia e sabbia calpesto,
e mi disseto con lo sguardo
verso l'azzurro cielo.
E sempre in viaggio, volo,
toccando nuovi spazi
per non finire senza sogni.

MIRAGES 20/08/1999

Le jour des questions,
il ne finira jamais.
Pourquoi tu voyages,
vers mondes étranges
ou esprit?
Je ne réussis pas à reconnaître
le regard d'un temps,
qu'il me donnait aussi calme
quand j'étais à la marge.
Il est comme un désert
avec soleil au pic, ma vie.
Il est recherche continue,
il est besoin d'eau, mon chemin.
Mais dans l'étendue immense
roche et sable je piétine,
et je me désaltère avec le regard
vers le bleu ciel.
Et toujours en voyage, je vole,
en touchant nouvelles places
pour ne pas finir sans rêves.

TERRE 19/05/1999

La terra del vento,
chinata tra valli
sussurra una voce
che lenta s'innalza.
La terra del tempo,
del giorno che muore
s'addormenta nell'ombra
del riflesso del sole.
La terra del canto,
di popoli forti
ritrova la vita
ridendo di gioia.

TERRES 19/05/1999

La terre du vent,
penchée entre les vallées
murmure d'une voix
que lente s'élève.
La terre du temps,
du jour qui meurt
s'endort dans l'ombre
du reflet du soleil.
La terre du chant,
de peuples forts
retrouve la vie
en risant de joie.

PER UN POETA 20/05/1999

Per un poeta
che tenta l'ignoto,
per un poeta
che sfiora l'eterno,
c'è sempre una fiamma
che lenta consuma,
c'è sempre un respiro
che soffia nel vento.
Per un poeta
che vola oltre il tempo,
non c'è orizzonte oltre l'incanto.
Per un poeta
che incide la vita,
c'è sempre il sogno
che regna sovrano.

POUR UN POÈTE 20/05/1999

Pour un poète
qu'il tente l'inconnu,
pour un poète
qu'il effleure l'éternel,
il y a toujours une flamme
que lente consume,
il y a toujours un souffle
qui file dans le vent.
Pour un poète
qui vole au-delà du temps,
il y n'a pas d'horizon au-delà de l'enchantement.
Pour un poète
qui grave la vie,
il y a toujours le rêve
qui règne souverain.

QUALE VITA 28/04/1999

Se non dessi più importanza
a normali situazioni,
quale poetica scaturirebbe
dal mio sogno?
Se non riuscissi più a stupirmi
dei riflessi invisibili,
quali canzoni rimarrebbero
nella mia anima?
Se non avessi più l'amore
di sommessi desideri,
quali soffi di pensiero uscirebbero
dal mio spazio?
O musa,
quanto mancasti al mio inconscio,
quando cieco fu al tuo richiamo.
O musa,
di tanta astrattezza,
di tanta bellezza.
Torna nel mio animo,
torna ed alita ali magiche, nebbie amiche.

QUEL VIE 28/04/1999

Si je ne donnais plus importance
aux situations normales,
quelle poétique jaillirait de mon rêve?
Si je ne réussissais plus à m'étonner
des reflets invisibles,
quelles chansons resteraient
dans mon âme?
Si je n'avais plus l'amour
de désirs soumis,
quels souffles de pensée sortiraient
de mon espace?
Ou muse,
tout ce que tu manquas à mon inconscient,
quand aveugle fut à ton rappel.
Ou muse,
de beaucoup de caractère abstrait,
de beaucoup de beauté.
reviens dans mon âme,
reviens et respire ailes magiques, brouillards amies.

ALLA DONNA AMATA 20/04/1999

Mio impossibile amore,
mia impensabile amica
come la sorgente
per un fiume è vita,
così la tua immagine
al mio sguardo è tale.
Mio incomprensibile sogno,
mio indelebile ricordo
entrata nella mente,
incisa come il fuoco nel cuore
ed impercettibile al tatto.
Mio impossibile amore,
mia immagine riflessa
nell'inutile bagliore di speranze
che la mia mente crea.
Mia parola non detta,
miei occhi, mia bocca,
t'amo più della vita
se t'amo più della vita.

À LA FEMME AIMEE 20/04/1999

Mon impossible amour,
mon amie impensable
comme la source, naitre
pour un fleuve est vie,
ton image à mon regard
est ainsi telle.
Mon rêve incompréhensible,
mon souvenir indélébile
entrée dans l'esprit,
gravée comme le feu dans le coeur
et imperceptible au toucher.
Mon impossible amour,
mon image réflètée
dans la lueur inutile d'espoirs
que mon esprit crée.
Mon mot ne dit pas,
mes yeux, ma bouche,
je t'aime plus que la vie
si je t'aime plus que la vie.

O MENTE 2/12/1998

O mente, vola sul mondo,
o vela.
Che le tue ali
solchino l'eterno,
nell'infinita ricerca
dell'immagine sua.
O mente, vola sul tempo,
o neve.
Che il tuo candore
cancelli il mio buio,
lasciandomi accecato dalla tua luce.
O mente, eterna mente,
immagina il battito
del cuore che cieco
cerca i suoi occhi.

OU ESPRIT 2/12/1998

Ou esprit, vole sur le monde
ou voile.
Que tes ailes
sillonnent l'éternel,
dans la recherche infinie
de son image.
Ou esprit. vole sur le temps,
ou neige.
Que ta candeur
efface ma noirceur,
en me laissant aveuglé par ta lumière.
Ou esprit, esprit éternel,
imagine le battement
du coeur qui, aveugle,
recherche ses yeux.

LO SGUARDO DEL POETA 28/11/1998

Sempre fermo, sempre incerto.
Sembra vuoto ed inerme,
a volte privo di sembianze,
lontano ed assente,
che viaggia altri mondi,
che nasce dal nulla.
Lo sguardo del poeta,
che osserva, che legge
ogni piccolo battito,
ogni breve momento.
Cosa strana ed oscura,
quando nell'ombra vede la luna.

LE REGARD DU POÈTE 28/11/1998

Toujours arrêté, toujours incertain.
Il semble vide et désarmé,
parfois dépourvu d'aspects,
loin et absent,
qu'il voyage autres mondes,
qu'il naît du rien.
Le regard du poète,
qui observe, qu'il lit
chaque petit battement,
chaque bref moment.
Chose étrange et obscure,
quand dans l'ombre il voit la lune.

LO SGUARDO DEL FOLLE 8/11/1999

Se non sia vita,
nessuno sa dirlo.
Perché è sempre attento,
ma non si fa prendere.
Lo sguardo del folle,
come un lampo nel gelo,
squarcia orizzonti
disegnando irrealtà.
E sempre respira,
senza morte deforma.

LE REGARD DU FOU 8/11/1999

Si ce ne sois pas vie,
personne ne sait le dire.
Parce qu'il est toujours attentif,
mais il ne se fait pas prendre.
Le regard du fou,
comme un éclair dans le gel,
déchirent horizons
en dessinant irréalité.
Et il respire toujours,
sans mort il déforme.

I DISCEPOLI DI EMMAUS 18/04/1999

In cammino verso la sera
la tristezza nel cuore
e la voglia di sparire,
chissà che cosa ci aspettavamo amico
da quell'uomo che predicava amore.
Noi due qui, soli e pieni di domande
con i piedi stanchi verso la sera.
Ma arrivò una voce,
uno straniero incontrammo.
Parlava bene ma non sapeva,
o eravamo noi a non capire.
Ma i nostri cuori, alle sue parole
ricominciarono a battere
ed a sentire gioia,
ma non capivamo, fratello mio,
eravamo confusi.
Poi spezzò il pane,
ed i nostri occhi si aprirono
vedemmo il figlio, vedemmo il Signore.
Quell'uomo normale, troppo uguale a noi
era il Signore.
Corremmo felici, tornammo indietro,
ricordi fratello, tornammo indietro
per gioire e credere
che Cristo è risorto.

LES DISCIPLES D'EMMAUS 18/04/1999

En chemin vers le soir
la tristesse dans le coeur
et l'envie de disparaître,
peut-être qu'est-ce que nous nous attendions ami
de cet homme qu'il prêchait amour.
Nous deux ici, seuls et pleins de questions
avec les pieds fatigués vers le soir.
Mais une voix arriva,
un étranger nous rencontrâmes.
Il parlait bien mais il ne savait pas,
ou nous étions nous à ne pas comprendre.
Mais nos coeurs, à ses mots
ils recommencèrent à battre
et à entendre joie,
mais nous ne comprenions pas, mon frère,
nous étions confondu.
Puis il rompit le pain,
et nos yeux s'ouvrirent
nous vîmes le fils,
nous vîmes le Seigneur.
Cet homme normal, trop égal à nous,
c'était le Seigneur.
Nous courûmes heureux, nous revînmes en arrière,
souviens frère, revînmes en arrière
pour jouir et croire que Christ a rené.

NESSUN POTERE 9/04/1999

Nessun potere,
nelle mie o nelle altrui mani.
Nessun volere,
nella mia o nelle altrui menti.
Nessuna forza,
nelle mie o nelle altrui braccia.
Solo speranza,
manifesta o celata
è l'arbitrio concesso.
Solo umiltà,
nella vita e nel cuore
è la strada da compiere.
Ed è quindi il pensiero
scaturito dall'anima,
il soffio che muove
l'inerme mio corpo.

AUCUN POUVOIR 9/04/1999

Aucun pouvoir,
dans les miennes ou en les mains d'autrui.
Aucun volonté,
dans la mienne ou en les esprits d'autrui.
Aucun force,
dans les miennes ou en les bras d'autrui.
Espoir seul,
manifeste ou cachée
c'est l'arbitre accordé.
Humilité seule,
dans la vie et dans le coeur
c'est la rue à accomplir.
Et il est donc la pensée
jaillie de l'âme,
le souffle qui remue
mon corps désarmé.

CANTO I 28/03/1999

Sono come rapito
quando scrivo all'eterno,
quando canto d'eventi,
che non passano al tempo.
Sono come stordito
quando parte l'immoto,
quando sogno di gente,
che apparve suadente.

CANTO II 28/03/1999

A volte m'assale,
una rabbia feroce
che brucia, che rode,
che spinge, che esce.
Ed allora esplode
quel fuoco furente
in un attimo infiamma
per poi placarsi morente.

CHANT I   28/03/1999

Je suis comme ravis
quand j'écris à l'éternité,
quand je chante d'événements,
qu'ils ne passent pas au temps.
Je suis comme étourdi
quand part l'immobile,
quand je rêve de gens,
qu'il apparut persuasif.

CHANT II   28/03/1999

Parfois il m'attaque,
une colère féroce
qui brûle, qu'il ronge,
qu'il pousse, qu'il sort.
Et alors ce feu
furieux explose
dans un instant il enflamme
pour puis s'apaiser mourant.

MIA SPERANZA 28/03/1999

Mia speranza,
non morrai nella notte.
Mio desio,
non finirai con la luce.
Anche quando
sembrerà tutto vero,
tu sarai nel mio mondo
sempre incisa indelebile.
Mio ricordo,
non svanirai con la ragione.
Perché non c'è reale,
che di vita cancelli
il frenetico ardore
che un tempo disegnasti.
Mio incanto,
tu starai nascosta,
uscendo se vorrai,
io sarò il tuo involucro.
Mia anima,
anche quando l'ultimo alito
salirà all'eterno,
il tuo volo e il mio volo,
saranno un battito d'ala.

MON ESPOIR 28/03/1999

Mon espoir,
tu ne mourras pas dans la nuit.
Mon desio,
tu ne finiras pas avec la lumière.
Aussi quand
il semblera vrai tout,
tu seras en mon monde
toujours gravé indélébile.
Mon souvenir,
tu ne t'évanouiras pas avec la raison.
Parce qu'il y n'a pas réel,
que de vie efface
l'ardeur frénétique
qu'un temps tu dessinas.
Mon enchantement,
tu resteras cachée,
en sortant si tu veux,
je serai ton enveloppe.
Mon âme,
aussi quand la dernière haleine
montera à l'éternité,
ton vol et mon vol,
ce seront un battement d'aile.

GIOVANNI IL BATTISTA 7/03/1999

Quando foro il limite
incontenibile sprigiona,
questa voglia che ho nell'anima
di cambiare tutto il mondo.
E mi metto a scrivere
parole che prendono vita,
dall'inizio o dalla fine,
non ha importanza.
Perché sono ribelle,
infondo al cuore scapperei
per urlare come un uomo
che gridava nel deserto.

GIOVANNI IL BAPTISTE 7/03/1999

Quand trou la limite
insoutenable dégage,
cette envie que j'ai dans l'âme
de changer tout le monde.
Et je me mets à écrire
mots qu'ils prennent vie,
du début ou de la fin,
il n'a pas d'importance.
Parce que je suis rebelle,
à la fin du coeur j'échapperais
pour hurler comme un homme
qu'il criait dans le désert.

FIORE, COLORE 27/02/1999

Fiore, colore,
dona amore
al mio cuore.
Terra, materna,
dona pace
al mio inverno.
Riscalda, condensa,
il mio corpo
che chiama.
Impossibile, eterna,
pennellata
al mio quadro.

FLEUR, COULEUR 27/02/1999

Fleur, couleur,
donne amour
à mon coeur.
Terre, maternelle,
donne paix
à mon hiver.
réchauffes, condenses,
mon corps
qu'il appelle.
Impossible, éternelle,
peinte à mon tableau.

QUALE UMILTA' 25/02/1999

Quale umiltà,
di cuore sovrasta
il sospiro che lieve
mi soffia accanto.
Come d'inverno
il paese si mostra,
brullo s'aspetto
tra i suoi alberi stecchi.
Ma c'è una magia,
in quei campi biancastri
che sprizzano vapori
avvolgendo il mio mondo.
E di lontano punte,
bianche verso il cielo
stendono le braccia tese
come per afferrare i raggi
che di sole fuggono celeri.
Quando poi rabbuia,
giunge l'ombra come un manto,
che a chiazze irregolari,
avvolge il mondo dei miei campi.

QUEL HUMILITÉ' 25/02/1999

Quel humilité,
de coeur domine
le soupir qui léger
il me souffle à côté.
Comme d'hiver
le pays se montre,
décharné d' aspect
entre ses arbres brindilles.
Mais il y a une magie,
en ces champs blanchâtres
qui giclent vapeurs
en enveloppant mon monde.
Et de pointes lointaines,
blanches vers le ciel
ils étendent les bras tendus
comme pour saisir les rayons
qui fuient rapides de soleil.
Quand puis il fait nuit,
il joint l'ombre comme un manteau,
qu'à les taches irrégulières,
il enveloppe le monde de mes champs.

IL CAVALLO BIANCO 9/02/1999

Per un cavallo bianco,
che non avrà più cavaliere.
Per un paese multiforme,
che non avrà più mediatore.
Sono passati,
ed il tempo ha vestito
col suo vento la storia,
che sembrava non passasse
e credevo non bastasse.
Tutti là,
i potenti stretti attorno
ai resti di quell'uomo,
di quel cavaliere
che non cavalcherà più,
il suo cavallo bianco.
Almeno in questo mondo.

LE CHEVAL BLANC 9/02/1999

Pour un cheval blanc,
qu'il n'aura plus de cavalier.
Pour un pays multiforme,
qu'il n'aura plus de médiateur.
Ils sont passés,
et le temps a habillé
avec son vent l'histoire,
qui semblait il ne passât pas
et je croyais il ne suffisît pas.
Tous là,
les puissants étroits autour
des restes de cet homme,
de ce cavalier
qu'il n'ira plus à cheval,
son cheval blanc.
Au moins dans ce monde.

NON DI QUESTO MONDO 25/11/1999

Non di questo mondo
è l'amore che sento,
che non riempie i miei giorni
ma che colma d'eterno.
E se nel viale cammino,
faticando I piedi e I pensieri,
e se le gambe pulseranno
per I troppi ricordi,
arriverò, giungerò al tuo cospetto
per scolpire e tentare
la mia immagine riflessa,
che innanzi allo specchio
resta ritta e mi fissa.
E aspetterò, attenderò
un primo cenno,
che mi faccia capire,
e tornare ad amare,
com'è dolce sentire.

PAS DE CE MONDE 25/11/1999

De ce monde est pas
l'amour qui entends,
qu'il ne remplit mes jours
mais que pleine d'éternité.
Et si dans le boulevard je marche,
en peinant les pieds et les pensées,
et si les jambes battent
pour les trop de souvenirs,
j'arriverai, je joindrai à ta présence
pour graver et tenter mon image réfléchie,
que devant le miroir
elle reste droite et me fixe.
Et je me retiendrai, j'attendrai
un signe premier,
que je me fasse comprendre,
et revenir à aimer,
comme il est doux d'entendre.

MIA IMMAGINE ALLO SPECCHIO 3/02/1999

Mai pago,
il mio senso di ricerca,
che tenta confini
anche solo con lo sguardo.
E se riluce,
per aprire uno spiraglio,
lo fa con timidezza
e con pauroso sfogo.
Essere sempre in cammino.
Allora la mia rabbia mi fa scrivere
e creare infiniti incastri,
che compongano un'immagine,
che respiri, che sia viva,
o per lo meno veritiera.
Ed anche se i fantasmi
dell'irreale intrecciano trame,
tuffandomi nel fantastico
e nell'astratto del mio sogno,
tu sei sempre avanti,
mia immagine allo specchio.

MON IMAGE AU MIROIR 3/02/1999

Jamais rassasié,
mon sens de recherche,
qu'il tente frontières
seules aussi avec le regard.
Et s'il reluit,
pour ouvrir un interstice,
le fait avec timidité
et avec soulagement épouvantable.
Être toujours en chemin.
Alors ma colère me fait écrire
et créer encastrement infinis,
qu'ils composent une image
que souffles, que soit vive,
ou moins véridique.
Et même si les fantômes
de l'irréel tressent trames,
en me plongeant en le fantastique
et dans l'abstrait de mon rêve,
tu es en avant toujours,
mon image au miroir.

SPECCHIO DELLA MEMORIA 31/01/1999

Nell'inutile susseguirsi d'attimi
si snoda questo tempo,
che accozzaglie d'istanti
creano momenti incomprensibili.
Ed allora penso,
ed immagino la calma,
riordino il castello di carta
che cedette sotto il peso
di una brezza leggera.
E cerco nuovi incastri,
tentativi che ridonino
un'immagine normale
a quei troppi buchi neri
che risucchiano l'immoto.
Ed allora provo a scrivere,
riportando alcuni sibili,
che miraggi avevano supposto
strani mondi oltre l'invisibile.
Ed alla fine,
immagini s'affacciano
allo specchio della memoria,
che ammoniscono chi le guarda,
e cercano di ridere sapendo d'esser vive...

MIROIR DE LA MEMOIRE 31/01/1999

Dans l'inutile succession d'instants
se dénouce ce temps,
que des fatras d'instants
créent moments incompréhensibles.
Et alors je pense,
et imagine le calme,
réarrange le chàteau de papier
qui céda sous le poids
d'une brise légère.
Et je cherche des nouveaux encastrements,
tentatives qu'ils redonnent
une image normale
à de ces trop trous noirs
qui engloutissent l'espace.
Et alors j'essaye d'écrire,
en rapportant quelques sifflements,
que des mirages avainent supposè
des étranges mondes au-delà de l'invisible.
Et à la fin,
des images montrent
à miroir de mémoire,
qu'ils mettent en garde qui les regarde,
et cherchent à rire en sachant d'étre vivant...

PARE SPARITO 18/01/1998

Pare sparito
quel piccolo confine
che tentava l'equilibrio
tra bene e male,
oppure celato
quell'invisibile velo
che divideva il soffio
di follia e ragione.
Può essere invenzione
però questa pazzia,
che affonda il suo niente
in isterica frenesia.
E così odoro l'aria
del nuovo mondo,
che sembra soffocare
ogni mio singolo sogno.
Basterebbe una chiave,
che riaprisse le porte
d'umiltà e correttezza
che un tempo distinguevano
l'uomo dalla belva.
L'amore, l'amore
nella mia anima,
che torni nel cuore
e riprenda il timone

IL SEMBLE DISPARU 18/01/1998

Il semble disparu
cette petite frontiére
qu'il tentait l'èquilibre
entre bien et mal,
ou caché
le voile invisibles qu'il divisait le souffle
de folie et raison.
Il peut être invention
cependant cette folie,
qu'il coule son rien
en frénésie hystérique.
Et je flaire ainsi l'air
du nouveau monde,
que mon chacun
semble étouffer réve.
Une clé suffirait,
qu'il rouvrìt les portes
d'humilité et exactitude
qu'un temps ils distinguaient
l'homme du fauve.
L'amour, l'amour
dans mon âme,
que tu revienne dans le coeur
et je reprenne le gouvernail.

www.ingramcontent.com/pod-product-compliance
Ingram Content Group UK Ltd.
Pitfield, Milton Keynes, MK11 3LW, UK
UKHW041920190726
13854UKWH00003B/1343

9 781446 776032